FICHE DE LECTURE

Document rédigé par Stéphane Carlier
enseignant, maitre en lettres et en sciences physiques
(Universit

Madame Bovary

Gustave Flaubert

lePetitLittéraire.fr

Rendez-vous sur lePetitLittéraire.fr et découvrez :

- plus de 1200 analyses
- claires et synthétiques
- téléchargeables en 30 secondes
- à imprimer chez soi

Code promo : LPL-PRINT-10

10 % DE RÉDUCTION SUR
www.lePetitLittéraire.fr

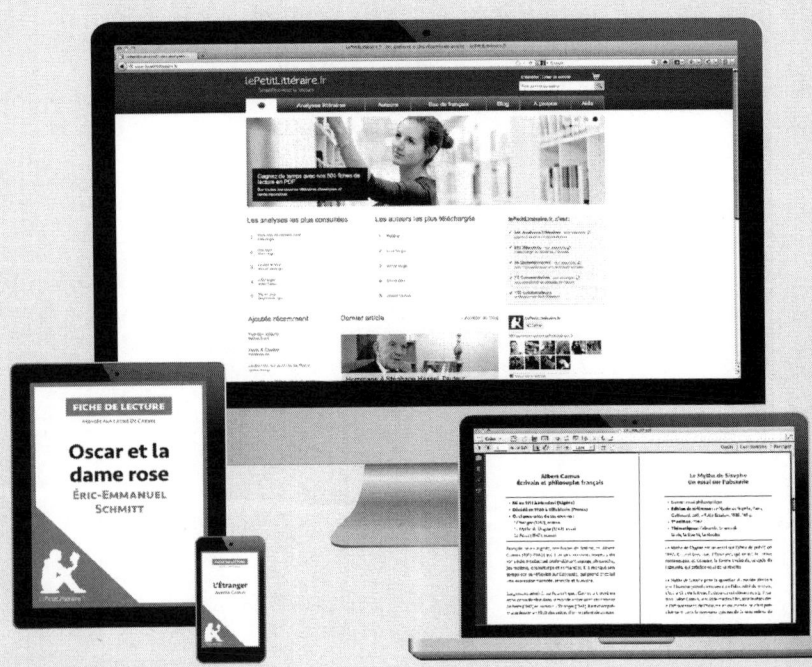

RÉSUMÉ   6

ÉTUDE DES PERSONNAGES   10
Emma Bovary
Charles Bovary
Léon Dupuis
Rodolphe Boulanger
M. Homais

CLÉS DE LECTURE   15
Entre réalisme et romantisme
La description et le réalisme subjectif
Le style indirect libre et le monologue intérieur

PISTES DE RÉFLEXION   23

POUR ALLER PLUS LOIN   24

Gustave Flaubert
Écrivain français

- **Né en 1821 à Rouen**
- **Décédé en 1880 près de Rouen**
- **Quelques-unes de ses œuvres :**
  Salammbô (1862), roman
  L'Éducation sentimentale (1869), roman
  Bouvard et Pécuchet (1881), roman inachevé

Gustave Flaubert est né en 1821 à Rouen. Passionné d'écriture, il découvre très jeune sa vocation littéraire. En 1841, il part à Paris afin d'entamer des études de droit, qu'il délaisse rapidement. L'auteur s'installe alors à Croisset, en bord de Seine, et fréquente les sociétés littéraires de l'époque. Il se lie entre autres avec Charles Baudelaire (poète français, 1821-1867), Ivan Tourgueniev (écrivain russe, 1818-1883), George Sand (femme de lettres française, 1804-1876) et Guy de Maupassant (écrivain français, 1850-1893), pour qui il sera un modèle.

Perfectionniste maladif, il défend une littérature réflexive et rêve d'écrire «un livre sur rien». Son œuvre, qui se distingue également par la profondeur de l'étude psychologique des personnages, est annonciatrice des nombreuses évolutions que connaitra le roman au xxe siècle. Flaubert meurt en 1880, laissant derrière lui plusieurs romans inachevés et une abondante correspondance.

Madame Bovary
Portrait d'une bourgeoise romanesque

- **Genre:** roman
- **Édition de référence:** *Madame Bovary*, Paris, Le Livre de Poche, 1972, 564 p.
- **1re édition:** 1856
- **Thématiques:** ennui, amour, mariage, adultère, désespoir, suicide

Inspiré d'un fait divers normand, le roman *Madame Bovary* est d'abord publié en 1856 sous forme de roman-feuilleton dans la *Revue de Paris*, avant de paraitre en volume en 1857. Le roman provoque dès sa publication un scandale : Flaubert est jugé pour atteinte aux bonnes mœurs et à la religion. Il sera acquitté.

Madame Bovary dresse le portrait d'une jeune bourgeoise s'ennuyant dans son mariage et cherchant du réconfort auprès d'amants passagers. Le roman inaugure une véritable révolution dans la prose : la complexité psychologique des personnages, la narration impersonnelle et la multiplication des points de vue forcent le lecteur à fournir sa propre interprétation de l'œuvre. *Madame Bovary* connait une postérité énorme au cours du XXe siècle, durant lequel il devient un intarissable objet d'étude.

RÉSUMÉ

PREMIÈRE PARTIE

Charles Bovary, un « gars de la campagne », entre au collège de Rouen en classe de cinquième. Élève pauvre et médiocre, il réussit tout de même à se hisser au poste d'officier de santé. Sa mère lui fait épouser une riche veuve qui, bientôt, meurt de désespoir car elle a été ruinée par son notaire.

Une nuit d'hiver, Charles est appelé au chevet du père Rouault, un paysan aisé qui vient de se casser la jambe. Il rencontre sa fille, Emma. Après le décès de la veuve et s'apercevant des sentiments entre les deux jeunes gens, le père Rouault accorde la main de sa fille à Charles.

Après la noce, le couple part s'installer à Tostes où officie Charles. Bien vite, Emma se rend compte que la réalité ne correspond pas à ce qu'elle a lu dans ses romans à l'eau de rose. Charles est un mari accompli, mais dépourvu de mystère et de raffinement. L'ennui de son épouse s'accroit de jour en jour et elle ressent de plus en plus l'hostilité jalouse de sa belle-mère. Fin septembre, une invitation à un bal vient rompre l'isolement de la jeune Bovary.

Cet évènement est un enchantement pour Emma, qui ne cessera dès lors plus d'y songer. Elle se réfugie dans ses rêveries et ses romans pour combattre sa morosité et sa lassitude. Un an et demi après le bal, on lui diagnostique une maladie nerveuse. Le couple décide donc de déménager pour changer d'air et part habiter à Yonville. Emma est enceinte.

DEUXIÈME PARTIE

Le soir de leur arrivée, ils rencontrent M. Homais, le pharmacien, et Léon Dupuis, avec lequel Emma engage une conversation romantique. Après la naissance de la petite Berthe, des liens se tissent entre Emma et Léon. Ce dernier voudrait lui déclarer sa flamme, mais sa timidité l'en empêche.

Une promenade dans les environs d'Yonville en compagnie des Homais et de Léon donne l'occasion à Emma d'opposer la platitude de Charles aux charmes du jeune homme. Elle comprend qu'elle est amoureuse de Léon, mais, bientôt, celui-ci, sujet à la mélancolie, quitte Yonville. Ce premier amour semble devoir rester platonique.

Les malaises d'Emma reprennent alors, mais un jour, Rodolphe Boulanger, un châtelain, entre en contact avec les Bovary pour une saignée à faire à l'un de ses fermiers. Il trouve l'épouse de Charles très jolie. Célibataire et coureur de jupons invétéré, il décide aussitôt de la séduire.

Lors des comices agricoles d'Yonville, Rodolphe pousse plus loin ses tentatives de séduction. Plus tard, il suggère des promenades à cheval pour soigner la neurasthénie d'Emma. Ils deviennent amants, mais Rodolphe finit par se lasser et même par prendre peur de l'exaltation de sa maitresse. Suit alors une période où Emma tergiverse.

Elle est prise de remords, mais l'échec de l'opération du pied-bot à laquelle se livre inconsidérément Charles la fait se détacher irrémédiablement de ce dernier. Elle retrouve dès lors son amant avec une ardeur accrue.

Emma se lance à corps perdu dans cette relation et emprunte des sommes de plus en plus considérables à M. Lheureux pour offrir des cadeaux à Rodolphe. Les deux tourtereaux élaborent des projets de fuite, mais c'est un leurre car la veille de leur départ supposé, le châtelain quitte seul la ville en laissant une lettre à la jeune femme. Désespérée, cette dernière tombe gravement malade. Elle songe même à se suicider. Pendant sa convalescence, M. Lheureux harcèle Charles pour récupérer les sommes qu'il a prêtées à Mme Bovary. Charles s'endette à son tour et s'occupe amoureusement d'elle.

Pour divertir son épouse, Charles l'emmène voir une pièce de théâtre à Rouen où ils rencontrent, par hasard, Léon. Ce dernier les invite à demeurer un jour de plus dans la ville.

TROISIÈME PARTIE

Léon obtient un rendez-vous pour le lendemain à la cathédrale. Il propose à Emma une promenade en fiacre dans Rouen (il s'agit d'une célèbre scène du roman qui suggère leurs ébats sans rien dire explicitement). De retour à Yonville, Mme Bovary trouve le moyen de repartir à Rouen trois jours sans son époux. Elle y passe une véritable lune de miel avec Léon.

M. Lheureux presse de plus en plus le couple et pousse Emma à s'engager dangereusement dans une série de crédits impossibles à rembourser. Entretemps, elle parvient à se servir de divers prétextes pour se rendre régulièrement à Rouen. Cependant, les choses se précipitent. Les échéances des billets à ordre du prêteur sur gages se rapprochent et elle ne peut payer. Par ailleurs, sa relation avec Léon se délite : chacun s'ennuie. Emma alterne entre espoir et déception, et la passion faiblit.

Finalement, le piège de Lheureux se referme : il accule Emma et l'oblige à lui rembourser ses dettes, mais elle n'a pas l'argent. En désespoir de cause, elle va trouver ses amants, qui refusent de l'aider. Désemparée, elle se rend chez l'apothicaire et avale un flacon d'arsenic. Les effets ne tardent pas à se faire sentir : Emma meurt.

Charles choisit un mausolée pompeux pour la tombe et se brouille définitivement avec sa mère. Il ne lui reste que sa fille. Le père Rouault est désespéré, tout comme Charles, sur lequel se jettent les créanciers. Celui-ci retrouve au grenier la lettre de Rodolphe. Il apprend le mariage de Léon, puis découvre un jour toutes ses lettres à Emma et ne peut plus douter de son infortune. Un jour, il rencontre Rodolphe, à qui il n'en veut pas. Le lendemain, la petite Berthe retrouve son père mort sur le banc du jardin. Homais, lui, est comblé : « Il vient de recevoir la croix d'honneur. »

ÉTUDE DES PERSONNAGES

EMMA BOVARY

Présentée en quelques mots consensuels, Emma est une provinciale romantique, immature, victime de la lecture et des illusions romanesques. Elle prend un mari et croit trouver ce qu'est l'amour, mais elle est déçue, s'ennuie, cherche la passion ailleurs, dans les bras de deux hommes, s'ennuie à nouveau, reste insatisfaite et finit par se tuer. Mais dire cela ne résume pas la complexité du personnage. Plusieurs portraits émaillent le texte et tous la peignent comme une très belle femme. La narration à la troisième personne permet de faire varier les perspectives. Elle est vue par son mari, par ses deux amants, par des personnages secondaires, ainsi que par le narrateur. Tous ces regards sont chargés de désir. Parfois, Emma se contemple dans le miroir et son propre regard la désire. Le désir des hommes n'est qu'un prétexte au sien, qui n'est jamais comblé. La déception est toujours au rendez-vous.

Son nom et son prénom reflètent bien la lutte entre l'idéal, le rêve, l'aérien, le désir (*Emma*) et le côté terrien (*Bovary* signifiant « bœuf »). Son mariage (elle change alors de nom et, de Rouault, devient Bovary) est la première étape de son calvaire puisqu'elle est alors marquée comme au fer rouge par cette opposition entre ses aspirations et le réel.

Elle se projette sans cesse dans un ailleurs fantasmé, qui se heurte au monde concret et paysan. Son imaginaire s'est nourri des romans qu'elle a lus au couvent. Et voici une originalité de ce personnage : l'auteur se moque de son héroïne dès qu'il le peut ; en somme, pour Flaubert, Emma ne vaut pas mieux que les autres et tous les protagonistes sont bêtes. Voilà aussi pourquoi il serait difficile de ne voir en Mme Bovary qu'une victime et une image de la condition féminine du XIXe siècle.

Le bovarysme, c'est donc la possibilité infinie de rêver et de toujours être déçu par la réalité. Nous verrons plus bas que cet antagonisme est au cœur même du style flaubertien.

CHARLES BOVARY

Charles est un homme simple et très commun. On pourrait même dire que c'est une sorte de raté de province. Dès le début du roman, il est présenté comme ridicule : il a voulu être médecin, mais il n'est qu'officier de santé. De plus, lorsque, poussé par Homais, il s'essaie à une délicate opération d'un pied-bot, il échoue lamentablement et l'on doit couper la jambe du malheureux.

Il adore sa femme et ne l'a jamais crue fautive ; il ne découvre d'ailleurs ses trahisons qu'après son décès et c'est sans doute cela qui le tue. C'est surtout un balourd qui ne comprend rien à son épouse, qui ne s'aperçoit pas que Léon, Rodolphe et même Homais ne sont pas ses amis, et qui ne voit même pas qu'Emma le ruine.

Mais c'est aussi un des personnages les plus attendrissants, qui n'existe véritablement dans le texte qu'avant l'apparition d'Emma et qu'après sa mort, un peu comme si l'héroïne avait pris toute la place disponible (il a même droit au monologue intérieur au début du roman, ce qui, comme nous le verrons, donne de l'importance au protagoniste dans le système flaubertien). Par un étrange destin et un curieux retournement de situation hélas tardif, il devient à la fin le genre même de personnage romanesque/romantique qu'Emma aurait pu aimer.

Ces deux caractéristiques, vulgarité et banalité, et sensibilité et profondeur psychologique, font de Charles un acteur aussi riche et complexe qu'un véritable être humain.

LÉON DUPUIS

Léon semble être fait pour Emma : c'est un personnage fin, délicat et romantique à souhait qui adule l'héroïne comme si elle était une déesse. Néanmoins, il sait se montrer ingrat et manque totalement de générosité lorsque la jeune femme le sollicite pour qu'il lui prête de l'argent : il refuse alors qu'il avait, pendant leur liaison, toujours bénéficié des largesses de sa maitresse.

Bref, à l'instar de Charles, c'est un homme médiocre. Il incarne la dérision des rêveries romantiques, mais de façon beaucoup plus molle qu'Emma, qui est pleine de force et d'énergie. Il a, avant tout, été une première étape sur la route du désir de Mme Bovary qui, après lui, cède physiquement à Rodolphe, avant de revenir et de le posséder à son tour.

RODOLPHE BOULANGER

Rodolphe est un noble local et un grand séducteur de femmes. Flaubert a fait de lui une sorte de don Juan de province.

Contrairement à Léon, il n'a jamais dû ressentir de vrais sentiments pour Emma. Il est couvert de cadeaux par cette généreuse amante, qui se met ainsi à la merci de l'usurier M. Lheureux. Quand elle revient vers lui à la fin du roman pour lui demander de l'argent – lui proposant de le dédommager sexuellement –, il refuse.

Son rôle le plus important est sans doute d'avoir été capable de séduire M**me** Bovary et de l'initier à une passion toute charnelle qu'elle n'avait guère éprouvée jusqu'alors.

M. HOMAIS

Homais est sans doute le protagoniste le plus important du roman, bien qu'il ne soit qu'un « personnage secondaire ». Il appartient à cette lignée du grotesque triste qui traverse toute l'œuvre flaubertienne. Songeons en effet, pour n'en citer que quelques-uns, aux personnages du commis (*Une leçon d'histoire naturelle : genre commis*), de M. Arnoux (*L'Éducation sentimentale*), de Bouvard et Pécuchet (*Bouvard et Pécuchet*), etc. Il est l'incarnation maximale de la bêtise humaine (Homais, dérivé du latin *homo, hominis*, signifie « l'homme »).

C'est le modèle du sot prétentieux, pédant et malveillant. Anticlérical mais désirant une « religion pour le peuple », il se présente en défenseur de la propriété privée et rêve aux honneurs tout en rejetant le système. C'est lui qui a « le dernier mot » dans le livre, dans une sorte de *happy end* bourgeois où la dérision de Flaubert se laisse percevoir : Homais « vient de recevoir la croix d'honneur ».

Ce personnage qui prend de plus en plus d'importance au sein de l'intrigue n'apparaît que dans la deuxième partie. Il impressionne le canton, où il est considéré comme un intellectuel parce qu'il est apothicaire, « rédacteur d'opuscules scientifiques » (un seul en réalité, sur la fabrication du cidre !) et correspondant au *Fanal* de Rouen (journal de la ville). C'est un âne, mais dont le ton et la fierté impressionnent le bas peuple.

Il a aussi un rôle très curieux du point de vue de la trame narrative puisque toujours présent aux moments où l'histoire prend un tournant décisif : c'est lui qui annonce la tenue des comices agricoles (où Rodolphe séduit Emma), qui souffle l'idée d'aller au théâtre à Rouen, de faire des promenades à cheval (avec Rodolphe), de prendre des leçons de piano (avec Léon) et c'est aussi lui qui indique – sans le faire exprès – l'endroit où se trouve l'arsenic, en présence de Mme Bovary.

CLÉS DE LECTURE

ENTRE RÉALISME ET ROMANTISME

On a souvent coutume de placer Flaubert parmi les romanciers réalistes de la seconde moitié du XIXe siècle. En réalité, son œuvre se situerait plutôt entre :

- un réalisme classique (disons balzacien) : il dépeint la réalité désolante et évoque les choses dans toute leur platitude ;
- un lyrisme romantique : on trouve une propension à la rêverie romantique, une sorte d'idéalisme, mais qui finit toujours par « se dégonfler ».

L'écrivain en fournit un exemple avec la célèbre scène des comices agricoles, qui est un moment charnière de l'intrigue, une mise en abyme de la structure du roman, un diptyque qui illustre les deux facettes de l'œuvre. Le discours grotesque des politiciens sur l'agriculture vient se mêler, dans un effet du plus grand comique, aux paroles romantiques de Rodolphe et d'Emma. Des deux côtés, il y a « rabaissement » : les deux allocutions sont truffées de lieux communs, encombrées de stéréotypes. *Madame Bovary* est donc avant tout le livre de la bêtise universelle. C'est une illustration romanesque du *Dictionnaire des idées reçues*.

Rodolphe qui, dans cet extrait, cherche à séduire Emma, illustre bien les deux aspects du roman, dans un discours sur la morale :

> « Ah, c'est qu'il y en a deux, répliqua-t-il. La petite, la convenue, celle des hommes, celle qui varie sans cesse et qui braille si fort, s'agite en bas, terre à terre, comme ce rassemblement d'imbéciles que vous voyez. Et l'autre, l'éternelle, elle est tout autour et au-dessus, comme le paysage qui nous environne et le ciel bleu qui nous éclaire.

Mais ici aussi, Flaubert parvient à se moquer de cette tentation lyrique du châtelain qui, tout en contant fleurette à Emma, ne peut s'empêcher d'admirer la croupe des belles vaches qui paissent en bas.

Ces deux éléments contradictoires – l'élan vers le pur, l'idéal et le mouvement de retombée vers le bas, de déception – sont nécessaires pour rendre compte de l'entièreté du monde et de sa complexité. De façon un peu scolaire, on pourrait dire que l'auteur montre de cette manière la transition entre romantisme et réalisme :

> « Flaubert écrit en "haine du réalisme", c'est-à-dire à distance d'un simple rapport descriptif aux choses, aux attitudes, aux évènements, aux milieux sociaux. Mais il écrit tout aussi bien en haine des fausses idéalités du sentiment. (Neefs J., « La Prose du réel », in *Le Flaubert réel*, p. 21-30)

LA DESCRIPTION ET LE RÉALISME SUBJECTIF

Dans les romans traditionnels, la description a toujours été là pour soutenir l'histoire, la situer et la dater. Les détails donnent au récit une plus grande vérité (ou plutôt une vraisemblance, BARTHES R., « L'Effet de réel », p. 25-32), et ils nous instruisent également sur la société, les mœurs et le pays dont il est question. Mais ceux-ci sont toujours secondaires par rapport à la ligne romanesque, ils sont là avant tout pour nous situer dans un ailleurs, en un lieu présenté comme réel et qui doit nous devenir aussi familier que les évènements de notre propre vie.

Par contre, avec Flaubert et *Madame Bovary*, nous découvrons que « l'histoire a si peu d'importance qu'au fond le véritable sujet de l'œuvre c'est de n'en pas avoir » (BOLLEME G., *La Leçon de Flaubert*, p. 193). Quant à la description flaubertienne, elle n'est pas une évocation anodine ni un simple décor qui appuierait l'action. Elle n'est pas non plus qu'une « foule de détails descriptifs inutiles », comme le prétendait le critique Louis-Edmond Duranty : « *Madame Bovary* représente l'obstination de la description. [...] Il n'y a ni émotion ni vie, ni sentiment dans ce roman » (revue *Réalisme*, le 15 mars 1857).

On parle en fait de « réalisme subjectif » :

- la description flaubertienne cherche à transfigurer le réel. Elle signifie avant tout un état d'âme du personnage, qui voit, qui sent et qui entend. La réalité est retranscrite après son passage par l'intériorité d'un protagoniste ;
- par cette focalisation sur l'objet extérieur et son insertion dans une subjectivité, la description devient évènementielle et se substitue presque à la narration ;
- cette intériorisation de l'objet s'opère par le biais de la sensation. Flaubert nous fait sentir les choses et ne nous les propose pas pour une analyse. Il préfère une forme de « connaissance par contact », ce qui implique pour le lecteur une certaine liberté d'interprétation car les choses se disent en silence et l'implicite est toujours présent.

Afin d'illustrer ces points, nous allons nous servir d'un autre passage célèbre du roman, celui où Emma et Charles se retrouvent seuls dans la cuisine de la ferme des Bertaux (Partie I, chapitre 3).

> Il arriva un jour vers trois heures ; tout le monde était aux champs ; il entra dans la cuisine, mais n'aperçut point d'abord Emma ; les auvents étaient fermés. Par les fentes du bois, le soleil allongeait sur les pavés de grandes raies minces, qui se brisaient à l'angle des meubles et tremblaient au plafond. Des mouches, sur la table, montaient le long des verres qui avaient servi, et bourdonnaient en se noyant au fond, dans le cidre resté. Le jour qui descendait par la cheminée, veloutant la suie de la plaque, bleuissait

un peu les cendres froides. Entre la fenêtre et le foyer, Emma cousait; elle n'avait point de fichu, on voyait sur ses épaules nues de petites gouttes de sueur.

Selon la mode de la campagne, elle lui proposa de boire quelque chose. Il refusa, elle insista, et enfin lui offrit, en riant, de prendre un verre de liqueur avec elle. Elle alla donc chercher dans l'armoire une bouteille de curaçao, atteignit deux petits verres, emplit l'un jusqu'au bord, versa à peine dans l'autre, et, après avoir trinqué, le porta à sa bouche. Comme il était presque vide, elle se renversait pour boire; et, la tête en arrière, les lèvres avancées, le cou tendu, elle riait de ne rien sentir, tandis que le bout de sa langue, passant entre ses dents fines, léchait à petits coups le fond du verre.

Elle se rassit et elle reprit son ouvrage, qui était un bas de coton blanc où elle faisait des reprises; elle travaillait le front baissé; elle ne parlait pas, Charles non plus. L'air, passant par le dessous de la porte, poussait un peu de poussière sur les dalles; il la regardait se traîner, et il entendait seulement le battement intérieur de sa tête, avec le cri d'une poule, au loin, qui pondait dans les cours. Emma, de temps à autre, se rafraîchissait les joues en y appliquant la paume de ses mains; qu'elle refroidissait après cela sur la pomme de fer des grands chenets.

Elle se plaignit d'éprouver, depuis le commencement de la saison, des étourdissements; elle demanda si les bains de mer lui seraient utiles; elle se mit à causer du couvent, Charles de son collège, les phrases leur vinrent. Ils montèrent dans sa chambre.

Ce texte illustre bien le phénomène du réalisme subjectif. Les trois premiers paragraphes sont entièrement perçus par Charles. Son attention se porte sur ce que ses émotions lui ordonnent de considérer : les mouches qui se noient dans le verre, les gouttes de sueur sur les épaules nues d'Emma, l'avidité à lécher le curaçao et la chaleur des joues de la jeune femme. Comment ne pas sentir la gêne, la timidité, l'angoisse, mais aussi le désir de l'officier de santé derrière ces sensations ? Celui-ci perçoit du monde ce qui correspond à son « battement intérieur ». Des éléments purement matériels sont donc mis en relation avec des sentiments à peine esquissés.

Mais le monde peut aussi s'imposer dans toute son irréductibilité. En effet, même si les personnages semblent animer l'objet de leurs propres sentiments, le mettre en communication avec leur intériorité, peut-être que cet objet est là aussi pour annuler cette signification que nous voudrions lui donner : « La description de la sensation est-elle porteuse d'une signification psychologique ou ne traduit-elle qu'une extase matérielle, une stupeur dénuée de sens, la sensation pure du réel pur ? » (ADERT L., *Les Mots des autres*, p. 87). Autrement dit, est-ce que nous ne surajoutons pas du sens à ce qui n'en a pas ?

Deux possibilités coexistent donc chez Flaubert. La perception du monde extérieur peut :

- soit symboliser un état d'âme, une émotion ou un sentiment ;
- soit traduire un sensible pur, un réel non signifiant.

Quelle que soit la position que le lecteur choisisse de prendre, on peut dire que le réalisme de Flaubert consiste en une mise en rapport entre nous et le monde; il cherche à établir une complicité entre les êtres et les objets: Flaubert pourrait dire de tous ses livres ce qu'il dit à propos de *Salammbô*: «Il n'y a point dans mon livre une description isolée, gratuite; toutes *servent* [c'est l'auteur qui souligne] à mes personnages et ont une influence lointaine ou immédiate sur l'action.» (Lettre à Sainte-Beuve du 23-24 décembre 1862)

LE STYLE INDIRECT LIBRE ET LE MONOLOGUE INTÉRIEUR

On connaît la célèbre phrase de Flaubert sur le style: «Ce qui me semble beau, ce que je voudrais faire, c'est un livre sur rien, un livre sans attache extérieure, qui se tiendrait de lui-même par la force interne de son style [...], un livre qui n'aurait presque pas de sujet ou du moins où le sujet serait invisible, si cela se peut.» (Lettre à Louise Colet du 16 mars 1852)

Sans entrer dans cette discussion, nous voudrions étudier brièvement la question du style indirect libre et du monologue intérieur chez Flaubert.

Le style indirect libre est souvent présent dans les monologues intérieurs et ces derniers sont fréquemment utilisés chez l'auteur par tous les personnages.

Pour mesurer chez l'écrivain l'importance d'un protagoniste, il suffit de mesurer la quantité de monologues intérieurs que l'auteur lui accorde. Emma remporte bien sûr la palme car le monologue intérieur, c'est une forme du bovarysme : le lecteur découvre de l'intérieur, sans médiation aucune, le refoulé de l'héroïne, toute cette zone de rêve qu'elle ne peut atteindre ni même communiquer dans la vie de tous les jours.

Bon à savoir : le style indirect libre

Le style indirect libre est un genre du discours rapporté qui consiste à retranscrire les paroles ou les pensées d'un personnage sans que celles-ci soient explicitement marquées dans le texte comme cela l'est pour le style direct (*Elle a dit : « Va-t-en ! »*) et le style indirect (*Elle lui dit de s'en aller*). Toutefois, certaines marques de l'oral peuvent subsister (des points d'exclamation, par exemple).

Grâce à ce procédé stylistique, nous pénétrons à l'intérieur du personnage sans même nous en apercevoir. C'est là toute la force du style indirect libre, qu'on ne peut aisément différencier du récit, à tel point qu'il est parfois difficile de savoir s'il s'agit de la voix du personnage, de celle de Flaubert ou bien de celle de l'opinion publique, des rumeurs qui envahissent le texte.

Le monologue intérieur, c'est aussi le lieu où peuvent s'épanouir le fameux imparfait de l'indicatif, si caractéristique du style flaubertien. Grâce à l'imparfait, la chronologie semble se dilater et demeurer dans l'inaccomplissement. C'est le temps du rêve et du bovarysme par excellence.

PISTES DE RÉFLEXION

QUELQUES QUESTIONS POUR APPROFONDIR SA RÉFLEXION...

- Distinguez dans *Madame Bovary* ce qui relève de l'esthétique réaliste et ce qui appartient plutôt au romantisme.
- En quoi la scène des comices agricoles constitue-t-elle une mise en abyme du roman ?
- « L'histoire a si peu d'importance qu'au fond le véritable sujet de l'œuvre c'est de ne pas en avoir. » Commentez cette citation à propos de *Madame Bovary*.
- En quoi consiste le réalisme subjectif chez Flaubert ?
- Qu'est-ce qui rend les descriptions de l'auteur originales ?
- Qu'est-ce que le bovarysme ?
- Selon vous, l'écrivain dénonce-t-il, dans cette œuvre, les dangers de la lecture ?
- Identifiez les stéréotypes singés dans ce récit.
- À votre avis, pourquoi Flaubert use-t-il tant du style indirect libre et du monologue intérieur ?
- En quoi ce roman incarne-t-il la bêtise humaine ?
- Pourquoi peut-on dire que le titre du texte contient déjà toute la portée tragique de l'œuvre ?

POUR ALLER PLUS LOIN

ÉDITION DE RÉFÉRENCE

- Flaubert G., *Madame Bovary*, Paris, Le Livre de Poche, 1972.

ÉTUDES DE RÉFÉRENCE

- Adert L., *Les Mots des autres. Lieu commun et création romanesque dans les œuvres de Gustave FLaubert, Nathalie Sarraute et Robert Pinget*, Lille, Presses Universitaires du Septentrion, 1996.
- Barthes R., « L'Effet de réel », in *Œuvres complètes. Tome III*, Paris, Seuil, 2002.
- Bolleme G., *La Leçon de Flaubert*, Paris, 10/18, 1964.
- Flaubert G., *Correspondances*, Paris, Gallimard, 1998.
- Neefs J., « La Prose du réel », in *Le Flaubert réel*, Berlin, Walter de Gruyter, 2009.
- Herschberg Pierrot A., *Stylistique de la prose*, Paris, Belin Sup, 1993
- Starobinsky J., « L'échelle des températures », in *Travail de Flaubert*, Paris, Seuil, 1983.

ADAPTATIONS

Madame Bovary a fait l'objet de nombreuses adaptations cinématographiques, dont :

- *Madame Bovary*, film de Jean Renoir, avec Valentine Tessier et Pierre Renoir, 1933.
- *Madame Bovary*, film de Claude Chabrol, avec Isabelle Huppert et Jean-François Balmer, 1991.

SUR LEPETITLITTÉRAIRE.FR

- Commentaire de la mort d'Emma dans *Madame Bovary*
- Fiche de lecture sur *Bouvard et Pécuchet* de Gustave Flaubert
- Fiche de lecture sur *L'Éducation sentimentale* de Gustave Flaubert
- Fiche de lecture sur *Salammbô* de Gustave Flaubert
- Fiche de lecture sur *Un cœur simple* de Gustave Flaubert
- Questionnaire de lecture sur *Madame Bovary*

Retrouvez notre offre complète sur lePetitLittéraire.fr

- des fiches de lectures
- des commentaires littéraires
- des questionnaires de lecture
- des résumés

ANOUILH
- Antigone

AUSTEN
- Orgueil et Préjugés

BALZAC
- Eugénie Grandet
- Le Père Goriot
- Illusions perdues

BARJAVEL
- La Nuit des temps

BEAUMARCHAIS
- Le Mariage de Figaro

BECKETT
- En attendant Godot

BRETON
- Nadja

CAMUS
- La Peste
- Les Justes
- L'Étranger

CARRÈRE
- Limonov

CÉLINE
- Voyage au bout de la nuit

CERVANTÈS
- Don Quichotte de la Manche

CHATEAUBRIAND
- Mémoires d'outre-tombe

CHODERLOS DE LACLOS
- Les Liaisons dangereuses

CHRÉTIEN DE TROYES
- Yvain ou le Chevalier au lion

CHRISTIE
- Dix Petits Nègres

CLAUDEL
- La Petite Fille de Monsieur Linh
- Le Rapport de Brodeck

COELHO
- L'Alchimiste

CONAN DOYLE
- Le Chien des Baskerville

DAI SIJIE
- Balzac et la Petite Tailleuse chinoise

DE GAULLE
- Mémoires de guerre III. Le Salut. 1944-1946

DE VIGAN
- No et moi

DICKER
- La Vérité sur l'affaire Harry Quebert

DIDEROT
- Supplément au Voyage de Bougainville

DUMAS
- Les Trois Mousquetaires

ÉNARD
- Parlez-leur de batailles, de rois et d'éléphants

FERRARI
- Le Sermon sur la chute de Rome

FLAUBERT
- Madame Bovary

FRANK
- Journal d'Anne Frank

FRED VARGAS
- Pars vite et reviens tard

GARY
- La Vie devant soi

GAUDÉ
- La Mort du roi Tsongor
- Le Soleil des Scorta

GAUTIER
- La Morte amoureuse
- Le Capitaine Fracasse

GAVALDA
- 35 kilos d'espoir

GIDE
- Les Faux-Monnayeurs

GIONO
- Le Grand Troupeau
- Le Hussard sur le toit

GIRAUDOUX
- La guerre de Troie n'aura pas lieu

GOLDING
- Sa Majesté des Mouches

GRIMBERT
- Un secret

HEMINGWAY
- Le Vieil Homme et la Mer

HESSEL
- Indignez-vous !

HOMÈRE
- L'Odyssée

HUGO
- Le Dernier Jour d'un condamné
- Les Misérables
- Notre-Dame de Paris

HUXLEY
- Le Meilleur des mondes

IONESCO
- Rhinocéros
- La Cantatrice chauve

JARY
- Ubu roi

JENNI
- L'Art français de la guerre

JOFFO
- Un sac de billes

KAFKA
- La Métamorphose

KEROUAC
- Sur la route

KESSEL
- Le Lion

LARSSON
- Millenium I. Les hommes qui n'aimaient pas les femmes

LE CLÉZIO
- Mondo

LEVI
- Si c'est un homme

LEVY
- Et si c'était vrai...

MAALOUF
- Léon l'Africain

MALRAUX
- La Condition humaine

MARIVAUX
- La Double Inconstance
- Le Jeu de l'amour et du hasard

MARTINEZ
- Du domaine des murmures

MAUPASSANT
- Boule de suif
- Le Horla
- Une vie

MAURIAC
- Le Nœud de vipères

MAURIAC
- Le Sagouin

MÉRIMÉE
- Tamango
- Colomba

MERLE
- La mort est mon métier

MOLIÈRE
- Le Misanthrope
- L'Avare
- Le Bourgeois gentilhomme

MONTAIGNE
- Essais

MORPURGO
- Le Roi Arthur

MUSSET
- Lorenzaccio

MUSSO
- Que serais-je sans toi ?

NOTHOMB
- Stupeur et Tremblements

ORWELL
- La Ferme des animaux
- 1984

PAGNOL
- La Gloire de mon père

PANCOL
- Les Yeux jaunes des crocodiles

PASCAL
- Pensées

PENNAC
- Au bonheur des ogres

POE
- La Chute de la maison Usher

PROUST
- Du côté de chez Swann

QUENEAU
- Zazie dans le métro

QUIGNARD
- Tous les matins du monde

RABELAIS
- Gargantua

RACINE
- Andromaque
- Britannicus
- Phèdre

ROUSSEAU
- Confessions

ROSTAND
- Cyrano de Bergerac

ROWLING
- Harry Potter à l'école des sorciers

SAINT-EXUPÉRY
- Le Petit Prince
- Vol de nuit

SARTRE
- Huis clos
- La Nausée
- Les Mouches

SCHLINK
- Le Liseur

SCHMITT
- La Part de l'autre
- Oscar et la Dame rose

SEPULVEDA
- Le Vieux qui lisait des romans d'amour

SHAKESPEARE
- Roméo et Juliette

SIMENON
- Le Chien jaune

STEEMAN
- L'Assassin habite au 21

STEINBECK
- Des souris et des hommes

STENDHAL
- Le Rouge et le Noir

STEVENSON
- L'Île au trésor

SÜSKIND
- Le Parfum

TOLSTOÏ
- Anna Karénine

TOURNIER
- Vendredi ou la Vie sauvage

TOUSSAINT
- Fuir

UHLMAN
- L'Ami retrouvé

VERNE
- Le Tour du monde en 80 jours
- Vingt mille lieues sous les mers
- Voyage au centre de la terre

VIAN
- L'Écume des jours

VOLTAIRE
- Candide

WELLS
- La Guerre des mondes

YOURCENAR
- Mémoires d'Hadrien

ZOLA
- Au bonheur des dames
- L'Assommoir
- Germinal

ZWEIG
- Le Joueur d'échecs

Et beaucoup d'autres sur lePetitLittéraire.fr

© LePetitLittéraire.fr, 2013. Tous droits réservés.

www.lepetitlitteraire.fr

ISBN version imprimée : 978-2-8062-1373-0
ISBN version numérique : 978-2-8062-1870-4
Dépôt légal : D/2013/12.603/369

Printed in Great Britain
by Amazon.co.uk, Ltd.,
Marston Gate.